SATYRES NOUVELLES.

Satyre I. ſur les Souhaits des Hommes.

Satyre II. ſur les Caprices de la Fortune.

Par le Sieur de P . . .

A PARIS,
Chez la Veuve Claude Mazuel, ſur le Pont Saint Michel;
du côté du Marché-Neuf, à la Levrette.

M. DCC.

AVEC PERMISSION.

PREFACE.

JE suis naturellement ennemi des Prefaces, & je me serois bien passé de faire celle-cy, si l'on ne m'y eût obligé malgré moy. Il a paru certaine Satyre en Réponse à celles que j'ay données contre les Femmes sçavantes & les méchants Autheurs, & sur la veritable & fausse noblesse; à peine l'ay-je vûë que je l'ay jugée digne de mon silence; Je croy même que ceux qui se seront donné la peine de la lire, m'auront rendu assez de Justice, pour me croire dispensé de répondre à des invectives outrées, qui s'attachent uniquement à l'Autheur & ne disent mot de l'ouvrage. En effet, on n'y voit régner que de basses injures: Je les pardonne à leur Autheur, c'est une production digne de son génie, & les pauvretés qu'il dit me vangent mieux de luy que tout ce que je pourrois répondre de plus fort. Cependant comme il avance des choses qui pourroient me faire du tort, auprés de certains esprits trop faciles à se laisser prevenir, j'ay crû en devoir une justification au public. Il m'accuse d'attaquer impunément tous les Sçavans; de bonne foy je ne sçay ce qui a pu luy faire prendre le change, mais je n'ay jamais cru qu'on dût entendre les Sçavans sous le nom de méchans Autheurs. Il dit à peu prés la même chose sur le chapitre des Femmes sçavantes; Il n'y a que le titre qui puisse faire contre moy: Mais toute la Satyre fait assez voir, que je n'en veux qu'à certain genre de Sçavantes, qui se *donnent du ridicule dans le Monde, par un furieux entêtement qu'elles ont de leur prétendu mérite, & qui à tout propos font montre d'une superficie d'érudition; Au lieu que les véritables Sçavantes cachent avec tout le soin possible les solides avantages que la nature leur a donnés, ou que l'Etude leur a acquis, pour les élever au dessus de leur sexe. Mon Ouvrage seul suffit pour prouver ce que je dis en ma deffense, & je ne croy pas qu'on puisse reconnoître les Saphos de nôtre siécle dans le Portrait de ma Caliston. Il ne m'est pas moins facile de justifier ma Satyre sur la veritable & fausse Noblesse, tous mes Portraits y sont d'aprés Juvenal; il n'y a que l'application qu'on en fait qui puisse me nuire, & c'est un inconvenient dont un Autheur ne peut répondre. La Bruyere à beau protêster contre ces sortes d'applications, il n'en est pas cru sur sa parole, & ses justifications ne font que grossir le nombre de ses Accusateurs. Je ne m'attens pas à un sort plus favorable; on fera de mes Portraits tel Jugement qu'on voudra, & ce qu'il y a de seur, c'est que personne ne s'y viendra chercher soy-mesme, & qu'on ne manquera pas d'en faire tomber les plus noires couleurs sur autruy, & peut-être sur ceux à qui elles conviendront le moins. C'est m'ôter tout le fruit de mon travail; Mais ce n'est pas d'aujourd'huy qu'on travaille inutilement.*

SATYRE

SATYRE PREMIERE, Sur les Souhaits des Hommes, imitée de Juvenal.

TE voicy de retour d'un penible voyage
DAMON, mais par malheur tu n'en és pas plus ſage;
Ton cœur qui va toûjours de deſirs en deſirs,
Par un ſeul qu'il n'a pas, détruit tous ſes plaiſirs.
Je n'en ſuis point ſurpris; tel eſt le ſort de l'homme:
Au trop heureux Adam il manquoit une pomme,
Et ce fatal deſir qui troubloit ſon repos,
Luy fit de ce faux bien une ſource de maux.
C'eſt ainſi qu'en poiſon le plus pur bien ſe change:
Ta fureur t'a porté du Tibre juſqu'au Gange,
Pour chercher le repos qui fuit devant tes pas;
On ne le peut trouver qu'en ne le cherchant pas:
Nos cœurs de leurs malheurs font leur plus chere étude:
Le deſir du repos produit l'inquietude,

Il n'eſt qu'un ſeul bon-heur : donne-moy, ſi tu peux,
Un homme ſans deſirs, je te le donne heureux.
La raiſon ? (diras-tu) la raiſon en eſt claire ;
L'homme vole toûjours de chimere en chimere,
Par un dehors trompeur il ſe laiſſe attirer,
Ne deſire jamais ce qu'il faut deſirer :
Il eſt né pour le bien, mais la fauſſe apparence
Luy fait toûjours au mal donner la préference.
Auroit-on découvert quelques climats nouveaux,
Où d'avec les vrais biens on diſcerne les faux ?
Dûſſay-je meſurer d'une rapide courſe
Tout l'eſpace qu'on voit du Midy juſqu'à l'Ourſe,
Je pars ; mais, entre nous, je ne me flatte pas
Que cet heureux chemin s'ouvre devant mes pas.
De tout ce qui luy plaiſt l'homme eſt toûjours avide ;
Demander, dans ſes vœux que la raiſon le guide,
Et calme de ſon cœur les orages divers,
C'eſt vouloir de la M** exiger de bons vers :
Non, tu verras plûtoſt la Cour ſans flatterie,
Et la Ville ſans luxe & ſans cocqueterie.
Le Nocher ſur qui ſeul repoſe ſon vaiſſeau,
N'ayant devant ſes yeux que des abymes d'eau,
Parmy tant de perils qui menacent ſa teſte,
Conſulte le Soleil, tient en main l'arbalête,
Meſure ſes degrez, ou pour ſurgir au Port
Cherche à travers la nuit ſon étoile du Nort.
L'homme dans ſes ſouhaits s'abandonne à l'orage,
De ſoy-même ennemy, lorſqu'il veut en partage
Des honneurs à grands flots, ou des biens à foiſon,
Son cœur conſulte tout, ſi ce n'eſt ſa raiſon.
Vers le bien, vers le mal, la carriere eſt ouverte,
Il laiſſe ſon ſalut pour courir à ſa perte ;

Si le Ciel le refuse, il se croit malheureux,
Mais il l'est en effet, s'il exauce ses vœux.
Je pourrois sur ce point te citer mille exemples:
Que prétend tout l'ençens qui fume dans nos Temples?
Combien de fois, du Ciel le pouvoir absolu
A détruit des maisons, parce qu'on l'a voulu?
A nos vœux importuns donne-t'il des richesses?
C'est pour nous accabler à force de largesses.
Ouvre-t'il un champ vaste au desir des honneurs?
Il nous fera tomber du faiste des grandeurs.
Des Thresors de Cresus les flateuses amorces,
Contre luy, de l'Asie arment toutes les forces.
Pharsale de Cesar fait un grand Potentat;
Le poignard à la main on l'attend au Senat.
Trop heureux, sous Neron, ceux qui voyant l'orage,
Le bravoient à l'abry d'un chetif heritage.
Si Seneque par luy vit finir ses destins,
Il en doit accuser ses superbes jardins:
Un chaume inaccessible à ses cruels ministres,
Luy pouvoit épargner leurs visages sinistres;
Mais d'un sang précieux brûlant de se soüiller,
Neron ne l'enrichit que pour le dépoüiller.
Nous vivons (diras-tu) sous un Roy magnanime,
Nos thresors à ses yeux ne nous font pas un crime;
LOUIS est équitable autant que genereux,
Et son plus cher desir est de nous rendre heureux.
Je sçay que sa vertu dont la Terre est remplie,
De l'éclat le plus pur fut toûjours embelie;
Et qu'Astrée icy-bas descendant avec luy,
En fit de la Justice & le Pere & l'appuy:
Mais lorsqu'à tout l'Etat sa grande ame s'applique,
Peut-elle avoir les yeux sur chaque domestique?

n vain contre e meurtre il ait tonner ses loix ;
On tremble dans Paris comme au milieu d'un Bois:
Les plus tendres amis, les parens les plus proches
Au riche Testateur font craindre leurs approches;
Malgré le beau dehors d'un simulé respect,
Au Pere décrepit, le fils même est suspect.
Qu'un revenu modique est un heureux azile!
Si l'on en brille moins, on en vit plus tranquile;
Au lieu que peu versez dans les secrets du sort,
En demandant des biens, nous demandons la mort.
Le desir des honneurs n'est pas plus favorable:
Plus on s'éleve, & plus la chute est déplorable,
Et le superbe essor du triste ambitieux
L'approche de la foudre en l'approchant des Cieux.
Des projets des humains la fortune se jouë,
La main qui les y prit, les remet dans la bouë:
Sa derniere faveur leur garde un coup mortel,
Et les accable enfin du débris d'un Autel.
La gloire n'est qu'une ombre, on la voit disparoître;
Bien-tost ce Grand Visir redoutable à son Maître,
Va par son sang versé rassurer le Divan.
Que de Comtes d'Essex font revivre Sejan!
Fameux par ses honneurs, plus fameux par sa chûte,
A quel revers du sort se trouva-t'il en bute?
D'un Maître vieillissant orgueilleux favory,
On le craint plus encor qu'on ne l'avoit chery.
Pourquoy? Ce fier sujet aspire au rang supréme,
Rome en est allarmée, & Tibere luy-même.
Attens; il va tomber, le foudre est suspendu,
Et c'est au dernier pas qu'il l'avoit attendu.
Il tombe: ainsi que luy tous ses honneurs périssent,
Et comme une vapeur soudain s'évanoüissent,

Les Autels qu'à ſon nom le peuple avoit dreſſez,
D'une égale fureur ſont par luy renverſez :
Cette face, l'objet des plus ſacrez hommages,
Eſt le joüet honteux des plus lâches outrages :
A peine s'enquiert-t'on d'où vient ce changement,
Et l'on ne veut ſçavoir ny pourquoy ny comment.
Une lettre aſſez longue au Senat eſt venuë,
Il ſuffit. Tout va bien, abbattons la Statuë ;
Et puiſque la fortune a renverſé ſon char,
Courons fouler aux pieds l'ennemy de Ceſar,
 O toi qui que tu ſois, d'honneur inſatiable ;
Lis du triſtre Sejan l'Hiſtoire rédoutable.
Rejette loin de toi la fiere ambition.
La chûte de trop prés ſuit l'élevation ;
Ne force pas le Ciel à te rendre juſtice,
Crains dans un Rang trop haut que le pié ne te gliſſe.
Tiens un juſte milieu dans les vœux que tu fais,
Et mets tout ton bonheur a regler tes ſouhaits.
 Je les regle aſſez bien (me répondra *Taxandre*)
Du piége des grandeurs mon cœur ſçait ſe défendre,
Et jaloux du ſeul nom du fameux D'AGUESSEAU,
Je mets toute ma gloire a briller au Barreau.
C'eſt donc la ton deſſein, ton ardente priere,
En demande l'éfet pour grace ſinguliere,
Je ne puis t'en blâmer. Cependant entre nous
La gloire qui t'attend ; te fera des jaloux.
 Enviſage en tremblant Ciceron, Demoſthene,
Qu'ont-il gagné tous deux qu'une implacable haine ?
Qui malgré leurs grands Noms ne les épargnant pas,
Enfin dans les Enfers précipita leurs pas.
 Tu brilles Ciceron, Rome te conſidere,
Non comme un cher enfant, mais comme un tendre Pere.

Par toi de ses Tyrans les projets découverts ;
Elle adore la main qui la sauve des fers.
O Rome ! moi Consul, heureuse d'estre née,
(Dis-tu) mais plus heureuse encor ta destinée ;
Si ta plume avoit sçû ne rien faire de mieux,
Que de parler si mal le langage des Dieux.
Ta Muse injurieuse aux cendres de Pompée
Du furieux Anthoine eût pû braver l'épée.
Qu'en dépit du bon sens un Poëme construit,
Attire a son Auteur du mépris pour tout fruit.
Et vienne en sifflemens changer la voix publique ;
Je l'ayme mieux que toi divine Philipique.
Passons à Demosthene, Athenes l'admira,
Tu sçais pourtant, DAMON, qu'elle sort il s'attira :
Que pour trop signaler l'amour de la Patrie
D'un Vainqueur inhumain il arma la furie.
Que d'un zele si saint sa mort lui fit raison,
Prés d'éprouver le fer, qu'il fit choix du poison.
Heureux ! & trop heureux ! si contant de sa forge ;
Au fer qu'il fourbissoit il eût soustrait sa gorge,
Mais l'Auteur de ses jours ne soûhaite rien tant
Que de rendre son Nom par sa mort éclatant ;
Et malgré tous les Dieux l'arrachant de l'enclume,
Le destine à perir sous les traits de sa plume.
Mais quoi ? (me diras-tu) nos fameux Avocats
Ont-ils à redouter de pareils attentats ?
Voyons nos dans Paris & *Dumon* & *Nivelle*
Achetter de leur sang une gloire immortelle ?
Ils vivent en repos, graces à nos Procés,
Si la perte est pour nous, ils en ont le succés.
J'en convien : cependant ils risquent quelque chose,
Et lorsque *Boissergent* craint de perdre sa Cause

De retour du palais, le tromphant Dumon,
Sous ses yeux étonnés trouve un Billet sans nom
Qui tanceant de ses traits la pointe un peu trop vive
En termes ménaceants lui défend l'invective.
Croi-moi, ce contre-tems lui donne quelque ennuy,
Et l'ignorant *Chrisippe*, est plus heureux que luy.
Pour lui le Droit civil est une nuit profonde,
On le sçait cependant il fait bruit dans le monde,
Il a ses Part isans, muni d'un bon poulmon,
Il prétend effacer & *Nivelle* & *Dumon*
Et sous certain Procureur nourri dans la chicane,
Il plante un grand Bonnet sur la tête d'un âne,
Il parle de l'Hebreu, quand il cite les Loix.
Ah! que pour le guerir de cette maladie,
Veut-on le faire taire il renforce sa voix.
Ne fait-on chez Themis, comme à la Comedie.
Le public indigné, d'un seul coup de sifflet,
D'un semble Orateur purgeroit le Parquet,
Chrysippe cependant tel que je viens de dire,
Rit souvent aux dépens de ceux qu'il a fait rire,
Il regorge de biens, il n'est que trop de sots
Qui vont en bons écus payer ses méchans mots,
Demande aprés cela pour grace singuliere
Une place au Bareau fût-elle la premiere;
Tu verras à ta honte un bizare party,
Te preferer un fat en Docteur travesty
Qui de l'art oratoire ignore les principes;
Croy moy; tout le Parquet est pavé de Chrysippes.
Je renonce à ce Prix au titre d'Orateur
(Dit *Cleonte*) & je voy qu'il vaut mieux être Auteur
La gloire à tout le moins me paroit plus durable,
On obtient dans l'Histoire un rang considerable.

Quel plaisir de transmettre à la posterité
La splendeur de son Nom par les ans respecté ?
L'ambition est noble, & digne de *Cleonte* :
Mais si loin de sa gloire il recherche sa honte,
Si raison, & bon sens choqués dans ses écrits,
Contre son attentat revoltent tout Paris,
Et s'il trouve en un mot par sa plume imprudente,
Aux dépens de son nom une chûte éclattante ;
Plûtôt qu'avoir écrit ne vaudroit-il pas mieux
Sur sa propre ignorance avoir ouvert les yeux?
Il est instruit d'exemple, & son regret extreme
Ne pourra d'un tel sort s'en prendre qu'à lui-même:
Il sçait que le public tient, Juge souverain,
L'Auteur à la Selette & son Livre à la main.
C'est en dernier ressort que l'Arrest se prononce,
Il condamne à la fois l'ouvrage & la réponse ;
Antime tombe. Hé bien ; n'avoit-il pas raison
Prés d'un si grand peril de supprimer son nom ?
O qu'il nous eût fait voir un beau trait de sagesse,
S'il eût pris même soin de supprimer sa Piece !
Le public que *Racine* a si souvent charmé
Contre ses Successeurs fut toûjours animé
Et de la même voix qu'il vente *Mithridate*,
Quoique son allié, reprouve * *Ariarathe*
Ce Roi de Capadoce ennemi des Romains
Trouve pour tout recours de plus cruelles mains.
Paris dispute à Rome à lui faire la guerre,
Et lorsque du Senat il appelle au Parterre,
Trompé dans son espoir, ce Prince infortuné
Se voit sur nôtre Scene en cinq jours détrôné.
Un Censeur, soit justice, ou pure jalousie,

* Nouvelle Tragedie qui est tombée.

Avant

Avant qu'elle ait paru chansonne [a] *Marthesie*
Et décriant ses Vers qu'il traitte de maudits
La met (c'est beaucoup dire) au dessous [b] *d'Amadis* ;
Là M... à beau crier ne croy pas qu'il échappe,
Chaque fin de couplet le renvoye à la Trape.
Mais si (me diras tu) du public avoüé
Cleonte voit par tout son ouvrage loüé ?
Ou du moins des Sçavaus s'attirant les suffrages
De l'ignorant vulgaire il brave les outrages ?
C'est un grand coup, Damon, j'en convien : mais je sçay
Qu'on ne l'attrape pas du premier coup d'essay.
Tout Autheur qui se fraye un chemin à la gloire,
Au prix de cent combats achette une victoire,
Il sçait ce qu'elle vaut avant de l'obtenir.
Mais s'il l'emporte enfin, qui peut le retenir ?
Fier des justes tributs qu'il nous force à luy rendre
Sous l'ombre de son nom, il peut tout entreprendre.
Tel au supreme rang Corneille parvenu,
Sçut imposer silence au public prevenu.
Ce fleuve est si rapide au milieu de sa course
Qu'on oublie aisément & sa fin & sa source,
En le voyant secher on le respecte encor
Et les Censeurs du *Cid* souffrent la Toison d'or.
Racine aprés sa Phedre & son Iphigenie,
Ne craignit plus de voir sa memoire ternie,
Il eût pu dans ce temps où tout luy fut permis
Donner impunement ses [c] freres ennemis.
Pour avoir même droit dans le siécle où nous sommes,
Autheur, si tu le peux, égale ces grands hommes,
Ou bien (en Phaëton tout prest à trébucher),
Etouffe un vain desir qui doit couter si cher.

[a] Opera nouveau. [b] Amadis de Grece, Opera du même Autheur.
[c] Premiere Tragedie de Racine, & sa plus foible.

Je cede à ces raiſons, me dira *Cleomire*,
Et c'eſt pour d'autres biens que mon ame ſoupire,
Richeſſe, Ambition, Eloquence, Sçavoir,
Sous des traits dangereux à mes yeux ſe font voir.
Je regle mieux mes vœux, puiſque ma deſtinée
A voulu me ranger ſous les Loix d'Hymenée,
Je croy que rien ne manque à ma felicité
Que d'avoir des enfans d'une rare beauté;
Le ciel m'en eſt témoin; je ne veux autre choſe,
Et c'eſt l'unique bien que mon cœur ſe propoſe.
Appelle-t'on cela ſçavoir regler ſes vœux?
Ah! plus le piége plaît, plus il eſt dangereux.
A ſes flateurs appas la beauté nous attache;
Mais ſous de belles fleurs plus d'un ſerpent ſe cache,
Avant qu'au beau Paris elle eût donné le jour,
Hecube avoit formé mêmes vœux à ſon tour,
Le ciel en l'exauçant perdit toute ſa race,
Et luy faire un refus c'eſtoit luy faire grace.
Helene l'eût puni de ſa témerité
S'il l'avoit attaqué avec moins de beauté;
Mais du piége fatal n'ayant pû ſe deffendre
Le feu de ſon amour mit Ilion en cendre.
Fable (me dira-t'on.) Il eſt a ſouhaiter,
Qu'on ne ſoit pas reduit à n'en pouvoir douter:
Mais on ſent quelque fois ce que l'on n'oſe croire
Tel doute de la fable, à qui convient l'hiſtoire.
On ne flate que trop ſon propre aveuglement,
Et quand tout eſt détruit on voit l'embraſement.
C'eſt pouſſer un peu loin ce ſiniſtre preſage;
La beauté doit au ſexe au moins eſtre en partage;
On ne nous a pas dit que la belle Colon
Ait fait de ſa patrie un ſecond Ilion?

On en parle, on l'admire, on la cour, on l'adore,
Et malgré sa beauté Vienne subsiste encore.
Elle a de la sagesse, autant qu'elle a d'appas.
Ce que tu dis est vray; je n'en disconviens pas;
Mais regarde en tremblant le destin de Lucresse,
Autant qu'elle eut d'appas elle eut de la sagesse;
Contre un feu tyrannique inutile rempart
Qui reduisit sa main au secours du poignart?
Tu ris. Une Heroïne autre fois si vantée
En ce siécle (dis-tu) doit-elle estre citée?
Sa vertu dont l'effort la vangea de Tarquin,
Ne sert qu'à relever les brocarts d'Arlequin;
Tandis qu'en vers pompeux le celebre Racine,
Annonce les forfaits de Phedre & d'Agripine.
Je cede; C'est un crime au sexe injurieux
Que de le menacer d'un poignard glorieux,
On sçait luy preferer un fer qui deshonnore,
Du sang d'une Venus la Gréve fume encore.
Hé bien, dira *Criton*, laissons tous ces souhaits,
Qui peuvent de nos cœurs troubler l'heureuse paix;
Je demande un seul bien, & ta misantropie
N'y sçauroit mordre enfin; c'est une longue vie.
C'est une longue vie! & c'est un bien pour toy?
Ah! Criton entre nous, es-tu de bonne foy?
Quel âge as tu? trente ans? quarante ans? est-ce un âge
Où ton experience ayt pû te rendre sage?
Eprouvas tu jamais ces rudes coups du sort
Qui nous font comme un bien envisager la mort?
Attens pour bien juger que l'adverse fortune
Te rende d'un jour seul la durée importune,
Et que ce jour fini la longueur de la nuit
Te refuse à son tour le repos qui te fuit.

Attens encore un coup que le plaideur Acriſe
T'ajourne au Châtelet pour t'y mettre en chemiſe,
Et que des Procureurs l'aſſemblage odieux,
Ayt ouy de ton or le ſon harmonieux
Attens que de Sergents une pâle cohorte
Au premier chant du coq viennent aſſiéger ta porte,
Que Themis te foudroye, & qu'un Arrêt fatal
Te relançant chez toy, t'envoye à l'Hôpital.
Alors je te permets de juger de la vie.
Tu ſçauras de quels maux ſa longueur eſt ſuivie.
Mais je veux que le ciel accorde à tes ſouhaits,
De vivre ſans chagrins, ſans revers, ſans procez.
Qu'il verſe tous ſes dons ſur ta longue jeuneſſe,
L'eſcueil de ton bonheur, croy moy, c'eſt la vieilleſſe.
Examine un moment ce viſage plombé
Dont ſous le faix des ans l'éclat a ſuccombé,
Parcours ce parchemin griffonné par les rides,
Voy ce nés roupieux & ces lévres livides,
Ces deux yeux relegués au fond d'un antre creux
Qui dans une eau jaunâtre ont éteint tous leurs feux
T'imaginerois tu que ce vivant ſquelette
Eût eſté l'Adonis de plus d'une coquette?
Si tu vieillis jamais le même ſort t'attend,
Et ſi le ciel t'exauce, il t'en reſerve autant.
La Jeuneſſe à nos yeux a plus ou moins de grace,
Mais l'âge decrepit n'a qu'une même face.
Cependant ce n'eſt rien que ſes déformités
Si nous les comparons à ſes infirmités
La fiévre luy tient lieu de chaleur naturelle,
Ses poulmons agités d'une toux éternelle,
Quand la nuit ſemble offrir du relâche à ſes maux
Rejettent loin de luy les douceurs du repos.

Te décriray-je encore les douleurs qu'il endure?
La goute aux cris aygus le tient à la torture,
Le nombre de ses maux est si peu limité
Qu'à te parler sans fart j'aurois plutôt compté,
Combien par un talent flexible à tous usages,
La plus fine Laïs consume d'heritages,
Combien depuis dix ans, par ses vols, à nos frais,
L'usurier *Gorgibus* a bâti de Palais.
Puisque d'un tel succés la demande est suivie
Il faut donc sans desir passer toute la vie?
Et sur la brute enfin n'ayant que la raison
L'homme doit de son cœur luy faire une prison?
   Remets toy de ton sort sur l'arbitre supréme,
L'homme est plus cher au Ciel qu'il ne l'est à soy-même,
Demande, mais sans fougue & sans emportement,
Pour ton premier bonheur un sain discernement,
Et pour lors de l'erreur écartant le nuage,
Tes vœux s'exprimeront par un autre langage:
Tu verras qu'il te faut pour devenir heureux
Une ame sans foiblesse en un corps vigoureux,
Qui trouve sans frayeur, par sa vive lumiere,
La fin de tous ses maux dans son heure derniere,
Se fasse du travail son plaisir le plus doux,
Qui sçache mettre un frein aux flots de son couroux,
Qui toûjours de son sort maîtresse souveraine,
Des fiers passions ne dispose qu'en Reyne.
Partagé de ces dons, riche de ces biens faits,
Je te permets, Damon, de former des souhaits.

SATYRE SECONDE,

Sur les caprices de la Fortune.

QUel siécle est celuy-cy ? l'opprobre & la misere
Sont-ils de la vertu l'auguste caractere ?
Et les Dieux tout-puissants ne sont-ils rigoureux
Que pour nous faire voir d'illustres Malheureux ?
Quel injuste revers, quel aveugle caprice
Quand la vertu gemit fait triompher le vice ?
Le ciel auroit-il mis par un Arrêt cruel
Entre elle & la fortune un obstacle éternel ?
Et de son fier rival favorisant l'audace
Au Thrône qu'il usurpe est-ce luy qui le place ?
Jugeons plus sainement de ses justes decrets,
Et sans approfondir ses terribles secrets,
Sans porter nos regards dans le sein de la nuë,
Adorons sa prudence aux mortels inconnuë,
De ses supréme loix ne nous informons pas
Quand il veut se joüer des choses d'icy bas,
Et voyant que le crime insulte au vray merite,
Loin de nous affliger imitons Democrite;
Rions. Et le moyen de contenir ses ris
Parmy tant de sujets qu'on en trouve à Paris ?
Peut-on sans éclatter rencontrer *Arbogaste*
Qui s'est perdu de veüe au milieu de son faste,
Et par un train superbe éblouissant nos yeux

Se donne pour issu du sang des demi Dieux.
Sorti d'un sang abjet, & formé de la bouë
La Fortune l'a mis au plus haut de sa rouë,
Pour nous faire sentir que les tristes mortels,
Doivent pour s'élever encenser ses Autels,
Et que c'est n'avoir rien que n'avoir en partage
Que l'éclat d'un grand nom qui n'est pas son ouvrage.
Par quel secret ressort l'Ignorant *Phocion*,
N'a point trouvé d'obstacle à son ambition?
Fortune on reconnoît ta puissance infinie
Dans l'élevation d'un si borné genie.
Qui l'eût dit, que Themis en de pareilles mains
Remettroit quelque jour le destin des humains?
Qu'on a lieu de trembler pour la meilleur cause,
Quand ce n'est que sur luy qu'il faut qu'on s'en repose;
Eût-on en sa faveur tout le pouvoir des Loix
Pour peu que la chicanne en balance le poids,
Le procez est perdu; l'on s'y doit trop attendre,
Si ce nœud gordien n'a point d'autre Alexandre,
Au rapport qu'il en fait les Loix n'ont point de part,
Il veut rendre au hazard ce qu'il tient du hazard,
Dans tous les pas qu'il fait, il le prend seul pour guide;
C'est par luy seul qu'il voit, par luy seul qu'il decide.
Tels *Pamphile & Creon* ces fameux assassins
Qu'on honnore à Paris du nom de Medecins
D'un specieux jargon couvrants leur ignorance,
Demandent du papier dressent leur ordonnance,
Du Languissant Damon, precipitent la mort
Et d'un coup de cornet decident de son sort.
Du fier *Archèlaus* l'excessive opulence
Fait aller ses dedains jusques à l'insolence
Tout est trop bas, tout rampe aux yeux de ce Fermier;

Il ne veut point de rang si ce n'est le premier:
Son esprit enyvré de sa nouvelle gloire
Déja de son neant a perdu la memoire ;
Il nâquit sous le chaume & dans la pauvreté,
Mais fondant tout son sort sur quelque argent prêté
Il trouve tout possible à son extreme audace,
D'un Commis qu'il supplante, il occuppe la place,
C'est pour un cœur avare un appas tentatif
Quand on le fait valoir le poste est lucratif
Et l'on n'y doit avoir pour tout fond de science
Que beaucoup d'appetit & peu de conscience,
C'est là ce qu'on appelle un Commis sans deffaut,
Graces a la nature il est tel qu'il le faut
C'est à pas de geans qu'il fournit sa carriere,
Il n'a point de rivaux qu'il ne laisse en arriere,
Aucun ne peut l'atteindre en son rapide de cours :
Il est vray qu'il a pris les chemins les plus courts,
Et que de ses projets l'audace peu comune
A le favoriser à forcé la fortune.
Trop de menagement fait manquer un grand coup,
Et l'on n'est pas heureux si l'on n'ose beaucoup.
O toy qui que tu sois, que son exemple anime,
Comme luy sans frayeur envisage le crime,
Luy seul aux grands employs applanit le chemin,
Et sous ses étendarts fait ranger le destin.
Tu feras adorer ta fortune éclattante :
Mais ne te flatte pas de la rendre constante,
Cette aveugle Deésse est sujette au retour,
L'ouvrage de dix ans perit dans un seul jour.
Par de soudains revers la volage fortune
Fait voir que nôtre encens quelque fois l'importune,
Que cette même main qui sçût nous rendre heureux

Defere

Defere à ſon caprice, encor plus qu'à nos vœux.
Craignons la d'autant plus que plus elle nous flate;
Elle n'éleve rien qu'enfin elle n'abbate,
Elle détruit l'Autel qu'elle même a dreſſé,
Et finit rarement comme elle à commencé.
Si la quinteuſe veut; Malgré ſon origine,
Ariſton chez Themis brillera ſous l'hermine
Et *Corbulon* malgré la ſplendeur de ſon ſang,
D'Ariſton au Parquet viendra prendre le rang.
Le ſort de *Dorimant* paroît digne d'envie,
Son bonheur eſt certain, s'il en eſt dans la vie;
Attendons. Jugeons mieux des caprices du ſort,
Et ne l'appellons pas heureux avant ſa mort,
Du deſtin des mortels un moment eſt l'arbitre,
Et ce n'eſt qu'au dernier à confirmer ce titre.
Muſe changeons de ſtyle, & tréve au ſerieux;
Nous pourrions à la fin devenir ennuyeux;
D'ailleurs *Criſpin* m'appelle, & ce ſujet crotesque
Ne peut être décrit que d'un pinceau burleſque.
Dans les divers cantons qu'éclaire le Soleil
A peine eſt-il permis de trouver ſon pareil,
Dans ſon village obſcur ſa naiſſance eſt connuë,
On y ſçait que ſon pere a mené la charruë:
Mais le ſort qui devoit en faire un Laboureur,
Le trouva ſi frippon qu'il le fit Procureur.
Il a pour cet employ tous les talents du monde,
Et meublé d'une tête en malices feconde,
Il peut dans ſon métier s'ériger en Docteur,
Et donner quinze & biſque au plus adroit voleur.
Tel qui des * *Guilleris* conſacrant la memoire,
Va mourir en Heros ſur le lit de la gloire,

* Fameux voleur.

Le rencontre, l'obſerve, & détournant ſes yeux,
Accuſe d'injuſtice & la Terre & les Cieux.
Il s'eſtime ſi peu pour ce trépas inſigne
Qu'il voudroit humblement le ceder au plus digne.
Vain deſirs ! Le deſtin aveugle dans ſon choix
Fait-il ce *Qui pro Quo* pour la premiere fois ?
Au gré de ſon caprice il reprouve, il exauce,
Et donne à l'un la rouë, à l'autre le caroſſe :
Il eſt vray que Criſpin déferant à regret
A de ſages conſeils qu'on luy donne en ſecret
N'a pas encore fait voir, dans ſon orgueil extrême,
Deux chevaux eſtonnés d'en traîner un troiſiéme ;
Mais il va devenir Secretaire du Roy,
Le Caroſſe eſt tout prêt pour ce nouvel employ,
Il ne peut plus ſouffrir qu'une chaiſe roulante,
Le mene à l'Hôpital d'une courſe ſi lente,
Et meurt de déplaiſir d'en voir de tous côtés
Tant d'autres y courir à pas précipités.
Il eſt à ſouhaiter que la même fortune,
Dont il oſe trouver la lenteur importune,
Le jugeant à la fin digne de ſon mépris,
Le remettre au fumier où ſa main l'avoit pris ;
On ne l'entendroit plus d'un ſuperbe langage
Nous faire de ſes biens l'éternel étalage ;
Il ne nous diroit plus, s'il eſtoit indigent,
Ma *Table*, mon *Buffet*, ma *Vaiſſelle d'argent*,
Mon *Vin de Canarie*, & mon *Vin de Champagne* ;
Il ne bâtiroit plus des Châteaux en Eſpagne.
Si le ciel de ſes ans eût abregé le cours,
On ne l'auroit point vûs par d'inſolent diſcours
Attirer ſur ſon dos l'effroyable tempête,
Du bois injurieux qu'il craignoit pour ſa tête.

Fortune tes faveurs, souvent coûtent bien cher,
On sçait peu ce qu'on cherche en les allant chercher;
Pour peu que la raison alors fût consultée,
Comme un écueil fatal tu serois évitée.
Heureux qui chérissant la médiocrité
Ne te reconnoît point pour sa divinité!
Les Vents aux arbrisseaux rarement font la guerre,
Mais le chesne est frapé des Vents & du Tonnerre.
Nous ne voyons jamais l'Aquilon, ny le Nort
Démâter un Vaisseau qui se tient prés du Port,
Mais lorsqu'en pleine Mer il va braver l'orage,
L'éloignement du Port l'approche du nauffrage;
Et des Vents furieux le couroux éclatant,
Le porte jusqu'aux Cieux & l'abîme à l'instant.
Heureux encore un coup, qui maître de luy mesme,
D'un médiocre rang se fait un rang supréme,
La Fortune ose en vain ébranler sa vertu,
Il éprouve ses coups, sans en être abbatu,
Dans le sein de la paix, sous ses heureux auspices
Il brave ses fureurs, il rit de ses caprices;
Et lorsqu'il voit tomber ses plus chers favoris,
La Fortune, dit-il, n'éleve qu'à ce prix.

FIN.

Permis d'imprimer. Fait ce cinquième Decembre 1699.
Signé, *M. D'ARGENSON.*

www.ingramcontent.com/pod-product-compliance
Ingram Content Group UK Ltd.
Pitfield, Milton Keynes, MK11 3LW, UK
UKHW021927230726
13925UKWH00007B/2489